KB200632

샨타 에세이

노 저을 때 물 들어왔으면 좋겠다

샴마 에세이

노 저을 때 물 들어왔으면 좋겠다

글·그림
샴마

팩토리나인

프롤로그

가끔 아무 생각 없이 그냥 해야 할 때,
지금 가야 할 길을 가야 할 때, 우리 같이 노를 저읍시다

예전에는 궁금한 게 생기면 꼭 물음표를 던졌습니다.
관계든 미래든 애매하고 답답할 땐 거기에 대한 확실한 답을 찾을 때까지 깊게 파고들었고요. 순간순간 잘 모르겠는 내 감정에도 물음표를 던져서 감정의 뿌리를 찾아 땅을 파고 파고 또 파서, 결국에는 찾아내고 기어이 뽑아내곤 했습니다.

매번 그런 과정들은 저로부터 큰 에너지와 시간을 빼앗고 많은 감정을 소모하게 했지만, 그렇게 깊게 들어가 보고 질문하고 답을 찾아낸 경험은 저를 단단하게 만들었고, 저를 객관화할 수 있게 해주었습니다. 문제를 직면하고 받아들이는 과정은 힘들지만, 오히려 뿌리 깊은 불안함을 없애준다는 걸 알게 되었어요.

그런데 물음표를 아무리 던져도 답이 나오지 않을 때가 있었습니다. 아니, 오히려 답이 나올 때보다 답을 찾지 못할 때가 더 많았죠. 불확실한 미래에 대한 '불안함'이 그랬습니다.

'내가 가려고 하는 이 길이 맞을까?'
'계속 가면 뭐가 나오기는 할까?'
'얼마나 더, 열심히, 언제까지 해야 할까?'
'이렇게 힘들게 갔는데 아니면? 그땐 어쩌지?'

당연히 알 수 없는, 보이지 않는 답을 찾으려 하니 불안은 불안을 먹고 더 커졌습니다. 그러다 문득 깨달았던 것 같아요.

"그럴 땐 지칠 때까지 답을 찾는 것이 아니라, 답이 찾아지길 기다리면서 일단 '지금 가야 할 길'을 가자. 어차피 아무도 모르는 미래에 대한 불안감 속에서 허우적대봤자, 시간만 흐를 테니까."

그래서 저는, 지금 할 수 있는 걸 그냥 해보기로 마음먹었습니다. 지금 해야 하는 일들을 그냥 하나씩 해나가기로 말이죠. 그렇게 회피해왔던 저의 현실을 인지하고, 받아들이고, 지금의 나를 살펴보니 오히려 요동치던 마음이 잔잔해졌어요.

오픽을 보고, 토익을 보고, 자소서를 쓰고, 이력서를 넣어 보고, 기회가 닿은 기간제 일을 해보고, 전공을 살려 영상을 만들어 보고, 또 그런 일상 속의 나를 틈틈이 그림으로 그려 보고…. 그렇게 주어진 환경에서 내가 할 수 있는 일을, 하나씩 제대로 해내 보자고.

어떤 날은 온 마음 뿌듯하게 해낸 날도 있고, 어떤 날은 잘 안 되기도 하는데 그럴 땐 그림을 그리고 말풍선 안에 제 마음을 써보고 그걸 보고 '나도 그래!'라고 해주시는 댓글들에 또 위로받았습니다.

생각도, 고민도 많았던 저는 여전히 그런 '샴마'입니다.
저는 이제 '우주를 만들 것도 아니라서' 좀 더 가벼운 마음으로 살되, 지금 해야 할 걸 하고, 지금 가야 할 길을 가고 싶습니다.
그렇게 계속, 꾸준히 제 앞의 일들을 뿌듯하게 해내다 보면 어느새 많이 나아가있겠죠. 그리고 어느 날 물이 들어와 혹, 빠르게 앞으로 나아가고 싶습니다.

그렇게 허황된 걸 바라고 있다고는 생각하지 않아요. "물 들어올 때 노저으라."고 하던데, 물 들어올 때까지 기다리기만 하다가는 노 한 번 못 저어볼 것 같아서 일단 젓고 있으면 좋은 때 물이 들어올 거라 믿으며 하루하루 알차게 보내려 합니다.

저는 지난 시간 동안 조-금 컸어요. 이제는 사랑을 덜 의심하고, 사람을 더 믿어보려 하는 샴마가 되었습니다. 아, 물론 여전히 피자 먹으면서 즐겁게 이야기하다가 친구들과 말다툼하기도 합니다. 상처받고 상처 주기도 하고요.
그런 '저의 이야기'를 한 번 더 재밌고 행복하게 나눠보고 싶습니다. 이 책을 펼친 시간만큼은 '우리의 이야기'가 되길 바라면서.

샴마

차 례

1

그거 먼지 알아, 나도 그런 적 있어

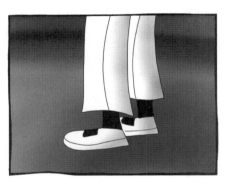

나 도 물 어 보 는 게 지 겨 워

진짜 나 마지막으로 묻는건데
나 E같아 I같아?

진짜 나 마지막으로 묻는건데
나 F같아 T같아?

진짜 나 마지막으로 묻는건데
나 어디 긴게 나아 짧은게 나아!

진짜 나 마지막으로 묻는건데
나 앞머리 있는게 나아 없는게 나아?

정색.

열정으로 채운 내 자소서를 제발 읽어주세요.

할 일을 시작할 때 내 모습. jpg

들리니? 내 멘탈의 소리

2

답도 없는 걸 붙잡고 있는 게 불안해

스무고개를 시작하지.

그렇다고 수학을 잘했던 건 아님

35

속
편
안
해
지
는
법

선의의 거짓말 같은 건 모르니? 친구들아?

동생이랑 같은 학교 다닌썰

MBTI 는 과학

싱크대에서
퐁퐁으로 손씻는
ENFP →

보글   보글

화장실에서 손, 발 닦는
ISTJ

언니 손닦았어?

아, 빨리 오라고

나 바로 닦았다니까

자꾸 깨달아도 며칠 안 가서 까먹는 사실.

그
엄
지

치
워
주
라

잘하는 거죠? 없는것같은데.

넌 인정은 잘하는구나.

현재

겁먹지 말고
슥슥, 해보자
맘편히 슥슥슥
언제든 다음 장으로 넘기면 되니까~

그거 하나로 아주 많은걸
포기하지마. 2권 2권고,
나중에 해결할 방법이 생길거야.
지금은 2동안 그 생각때문에 이준
방정리를 하는거야. 어때?

수고하셨습니다!

3

내 생각들은 날 너무 아프게 한다

이걸 알게 되니까 더는 외롭지 않더라.
혼자 같을 때에도
알고 보면 혼자가 아니었어.
오두가 사랑을 말해 줘도
내가 믿지 않아서 외로웠어.

실제

그래서 준 상처가 많아. 미안해.

그럼 옆에 내려놓아도 돼

오랫동안 쥐고 있던건데, 내가 이거 없이 잘 살 수 있을까?

당연하지,

문제는 알았으니 이제 사랑만 하면 돼

내가 그 기분을 알거든. 누군가의 말 한마디로 하루종일 찝찝해질 수 있다는걸. 맞아 그 사람도 그럴 의도는 없었을 거야. 한 순간의 실수였을 수도, 아니면 아예 인지를 못했을 수도.

그런데 나한테는 남아 있거든 그 대사가.

그래서 난 대화할때 긴장이 돼. 나도 혹시 그런 말 실수를 할까봐.

다들 나아갈때
나만 멈춰있다는걸 발견했을때
느껴지는 불안함. 근데 그걸 벗어나려면
어쨌든 나도 힘을 내서 나아가야겠지.

인
생
은

길
고

저
녁
은

짧
다

어떤 낮은 자존감은
상대방의 낮은 자존감에 공감해주고
때론 깊게 위로해주며 진심으로 함께
가슴아파 해주지만

나도 그럴때 있어. 맞아 그런 기분 안아.
얼마나 속상 했을까...

어떤 낮은 자존감은
자신이 느낀 힘듦을
다른 사람들이 똑같이 느끼는 것을 봐야
직성이 풀린다.

너의 자존감에 내 불행을 이용하지 말아줘

4

'미안해'를 '미안해'로,
'고마워'를 '고마워'로 듣는 사람

난 친구가 더 편하게 잤으면 해서 혼자 내방 쓰라고 한거야. 그러면 더 편할것 같아서

와 신기하다. 나랑 정자자 다르다. 난 그렇게 말하면 오히려 섭섭할것 같다. 같이 누워서 영화 보면서 잠들고 싶어.

놀 때만큼은 철두철미하지.

사
랑
할

수
밖
에

없
는

사
람

오랜만에 마라샹궈를
해먹어야겠다.

할머니 청경채 어딨어?

으? 엇다 뒀는지 난
모르는데...

서
로
이
해
할
수
없
는
T
와
F

멍때리며 쉬는 사람과 생각을 멈출 수 없는 사람

말을 하지…

이런 적 없음_허구 01. jpg

잘 자.
나는 내일 아침에 하루가 시작되었다는 걸
받아들이려고 잘 자고 내일 보자.
내일을 위해 잠들어도 돼. 사랑해.

네일샵 언니들은 참 따뜻해

결과 발표 후.

열심히 살자

5

역시 사람은 가장 솔직한 말을 해야 해

공부는 이 패턴을 반복해서 해내는 것이다

자
소
서
의

길
은

멀
고
도

험
하
지

그데 어딜가나 경쟁이 있을거고
평가하는 사람들이 있을거야

그러니까 그것만 회피하며 다니면
너만 계속 가고 싶은 길을 못가는거야

주변이랑 비교가 되어도,
누가 비교를 해도 넌 너한테
집중해.

그러니까 그게 언제냐면…

제
발
저
린
도
둑
에
게
위
로
한
마
디

후회하며 나를 탓하고 다음 선택을 두려워 말자.
그래도 해보자, 그래도 가보자.
안 늦었어
하자, 지금 하자!

내가 할수 있는 '열심'을 다하니까
미안해 하는 마음 가지지 않아도 되고
눈치 볼 일도 없어서 너무 마음 편했다.
아, 이게 '열심' 후에 느끼는 보람이구나!

세
월
은
나
자
신
을
잘
다
루
게
해
주
었
다

ENFP의 어린시절

한달 계획

흥분해서
계획 세움

－그 다음날

아니 나는 도대체 왜 이렇게
게으른거야, 왜 계획을
못 지키는거야,
난 너무 한심해 ᐧᐧᐧ 아ᐧ

ENFP의 성인이 된 현재

오늘 할일 TO DO LIST
☑ 샤워하기
☑ 책 5장읽기
☑ 걸으러 나가기

ENFP 의 목표

가 보지 않고 내 길인지 알 수 없잖아

전 그런 시기가 제일 힘든 것 같아요

내 길에 확신이 없어서 앞으로 갔다 뒤로 갔다를 반복할 때

근데 어디든지 일단 앞으로 나가야한다고 느껴질 땐 이렇게 생각해요

이 길로 오지게 뛰어갔다가 아니면 다시 돌아와야지~

MBTI 논문이라도 쓸 기세.

6

편한 사람이랑 행복하고,
행복한 사람이랑 편하고

개는 너가 어찌 사는지 관심없어,
너의 피드가 정리 되었는지,
너가 계정을 왜 비활성화 했는지,
전혀 관심없어.

그러니, 너도 그 스트레스 받는 관계를
뚝 잘라버려. 너만 바라보는 관계를 그만둬.

자, 너는 새로운 사람들과 새 시작을 하는거야
물론 외로워 질거야. 하지만 행복할거야.
0부터 시작하는 일들은 늘 설레고 즐거우니까.

눈감고 셋을 세어봐.
그리고 눈뜨면 새 시작이야!

하나, 둘, 셋!

저는 요즘 물음표 없이 살아가요. 그게 좀 살기엔 편한 것 같더라고요. 아 약간 어른이 되었다 생각하긴 했어요. 애기들이 '왜??' 라는 질문을 많이 하잖아요. 어른들은 당연한걸 물어보지 않잖아요. 어 무슨 말인지 알죠.

전 그래서 관계에도 물음표가 없어졌어요. 안절부절하던 관계도 귀찮고 그냥 당연한 관계들만 남았으면 좋겠어요.

어느 관계는 꼭 외줄타기처럼 늘 긴장한
채로 대화를 이어가야 한다. 초조하게
그 사람의 표정과 말투를 살펴야 하며,
그 사람이 좋아할만한 대화 주제를 재빨리
생각해 내야한다. 그러나 난 스럽을 즐기는
편이 아니지. 안녕

생각하는 순간 끝인 거야

할머니들은 다 시인이야

나 잘했다, 당신 잘했습니다

갈길이 먼데 한걸음 밖에 못가다니...
난 왜이럴까...

최고,
한걸음? 잘했다.
진짜 넌 최고

그게 안 보이는 선이 있거든
'함부로'와 '편하게' 사이에,
그걸 딱 켤할 줄 알아야해.

그는 자기가 좋아하는 것을 확실히 알고 있었다

7

0부터 시작하는 일들은 늘 설레고 즐거우니까

할
머
니
와

'
오
케
이

구
글
,

배가 고프다. 사실 그게 아니라 '먹기'라는
걸로 이 시간을 채우고 싶은 것 같다.
사는게 약간 나에게 주어진 시간을
채우는 행위같다. 마치 막 빠르게
작동하는 레일에 올려진 빈 비이커들

그렇게 하는 이유는 빈 비이커가
그냥 지나갔을 때의 기분이 얼마나
찝찝한지 아니까 일단 막 채우는 거다.

이런 이유 때문에 먹는 걸로 시간을
채우고 나면 더 기분이 안좋다.

이젠,
뭐로
채우지?

(대용량)

이래서 뭔가 회사나 학교 등 소속되어
있는 곳이 있을 땐 안정감이 느껴지나 보다.

편하다

학교생활

그 외에도 소속감을 주는 것들이 있는데,
난 그 중 하나가 〈책 읽기〉인 것 같다.

운동도 좋은 것 같다.

루틴을 만드는 것도 좋은 것 같다.

비이커 채우기를 반복하다 보면
난 그 성취감을 느낄거고

그 경험은 나에게 정말 좋을거야.

헐 나 잘했어

어느날 또 빈 비이커가 지나가 더라도
난 포기하지 않을 거야.

잘 쉬었다. 다시 해볼까?
난 할수있어. 이미 해본 적도 있으니까

혼자서는 지쳐 힘들땐 친구들과 함께
하면 좋다. 좋은 사람들과 만나면 비어게가
금방 채워진다.

같이 채우니까 더 행복해

난 그래서, 지금 뭘 먹지 않을래.

할머니 부리토 만드 썰

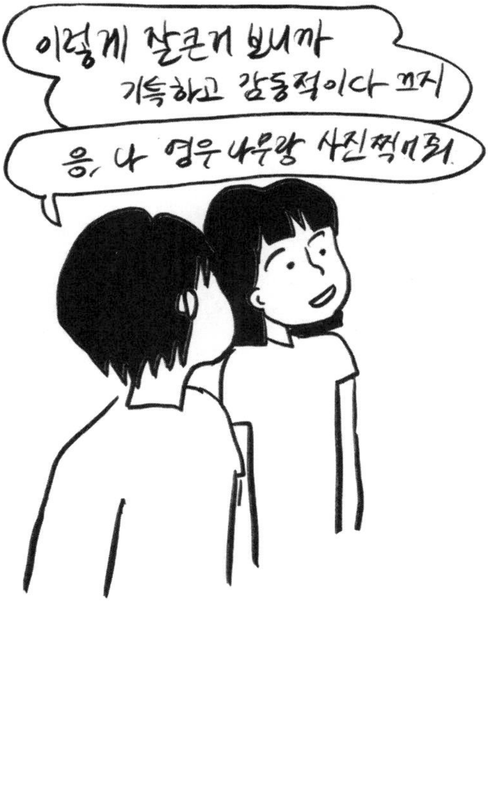

무기력에서 벗어나고 싶었다.
사람들은 이쁘고 멋진 사람들을 좋아하는데
난 그런 사람이 아니라서 의욕이 안났다.

사람들은 부지런하고 똑똑한 사람을 좋아하는데
난 그런 사람이 아니라서 힘이 안났다.
사람들은 돈이 많은 사람을 좋아하는데
난 그런 사람이 아니라서 기운이 안났다.

사람들은 밝은 사람을 좋아 할텐데
난 그렇게 밝아질 힘이 없어서 무기력 해졌다.
그데 이렇게 적다 보니 힘이 안난 이유를 알겠다.

나는 사람들이 좋아하는 사람이 되려는 생각 말고
내가 좋아하는 것을 떠올리며 하나씩 해봐야 겠다.

아니야 엄마, 행복을 느끼는 순간이
같아야 행복할 것 같아. 근데 그러려면,
자기가 행복할 때가 언제인지 스스로 알아야
하는 것 같아

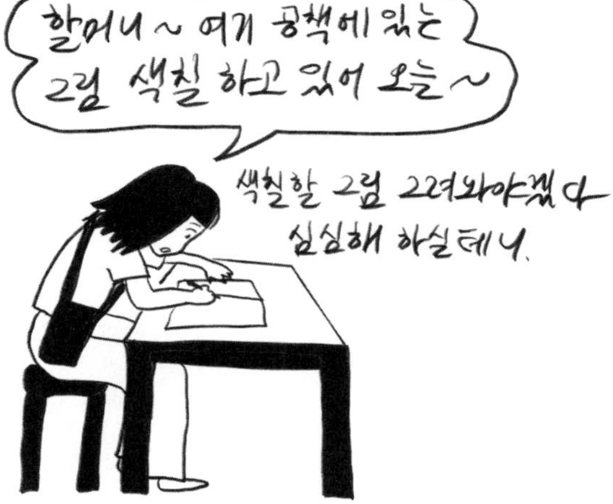
할머니~ 여기 공책에 있는
그림 색칠 하고 있어 오늘~
색칠할 그림 그려와야겠다
심심해 하실테니.

이리와 빨리 안겨!!
넌 내 자랑이야. 수고했어!!!

에필로그

맘껏 파이팅해, 모두들!

자, 노 저을 테니 물 들어 왔으면 좋겠다. (기다림)

아... 비가 오네... 내가 원하던건 이게 아닌데

비 덕분에 물이 차올랐다, 그래.
일단 계속 저어보자. 가자!
열심히 나아가고 있을게 물아 얼능 더더 들이와라.

노 저을 때 물 들어왔으면 좋겠다

2021년 12월 20일 초판 1쇄

지은이 샴마
펴낸이 김상현, 최세현   **경영고문** 박시형

책임편집 조아라, 백지윤   **디자인** 박선향
마케팅 양봉호, 양근모, 권금숙, 임지윤, 이주형, 신하은, 유미정
디지털콘텐츠 김명래   **경영지원** 김현우, 문경국
해외기획 우정민, 배혜림
펴낸곳 팩토리나인   **출판신고** 2006년 9월 25일 제406-2006-000210호
주소 서울시 마포구 월드컵북로 396 누리꿈스퀘어 비즈니스타워 18층
전화 02-6712-9800   **팩스** 02-6712-9810   **이메일** info@smpk.kr

ⓒ 샴마
ISBN 979-11-6534-437-5 (03810)

• 이 책은 저작권법에 따라 보호받는 저작물이므로 무단전재와 무단복제를 금지하며,
  이 책 내용의 전부 또는 일부를 이용하려면 반드시 저작권자와 마음서재의 서면동의를 받아야 합니다.
• 잘못된 책은 구입하신 서점에서 바꿔드립니다.
• 책값은 뒤표지에 있습니다.
• 팩토리나인은 (주)쌤앤파커스의 브랜드입니다.

팩토리나인(Factory9)은 독자 여러분의 책에 관한 아이디어와 원고 투고를 설레는 마음으로 기다리고
있습니다. 책으로 엮기를 원하는 아이디어가 있으신 분은 이메일 book@smpk.kr로 간단한 개요와 취지,
연락처 등을 보내주세요. 머뭇거리지 말고 문을 두드리세요. 길이 열립니다.